兔老爹魔法湯

作者｜喬凡娜・佐波莉　繪者｜瑪麗亞恰拉・荻・喬治　譯者｜楊馥如

步步出版

社長兼總編輯｜馮季眉

責任編輯｜李培如　美術設計｜陳俐君

出版｜步步出版／遠足文化事業股份有限公司

發行｜遠足文化事業股份有限公司 (讀書共和國出版集團)

地址｜231新北市新店區民權路108-2號9樓

電話｜02-2218-1417　傳真｜02-8667-1065

客服信箱｜service@bookrep.com.tw 網路書店｜www.bookrep.com.tw

團體訂購請洽業務部｜02-2218-1417 分機1124

法律顧問｜華洋法律事務所 蘇文生律師

印製｜中原造像股份有限公司

初版｜2024年6月　定價｜360元　書號｜1BSI1096　ISBN｜978-626-7174-63-0

Topipittori, Milan 2022 / Original title: La zuppa Lepron / http://www.topipittori.it
Published in arrangement with Topipittori, through The Grayhawk Agency

國家圖書館出版品預行編目 (CIP) 資料

兔老爹魔法湯 / 喬凡娜・佐波莉文；瑪麗亞恰拉・荻・喬
治圖；楊馥如譯. -- 初版. -- 新北市：步步出版, 遠足文化
事業股份有限公司, 2024.06
44面；21×26.5公分
譯自：La zuppa lepron.
ISBN 978-626-7174-63-0 (精裝)

877.599　　　　　　　　　　　　　　113007568

兔老爹魔法湯

作者
喬凡娜・佐波莉

繪者
瑪麗亞恰拉・荻・喬治

譯者
楊馥如

兔老爹是一隻美麗的兔子，

毛皮光亮，耳朵修長。他住在樹林裡，

春天，他在月光下蹦蹦跳跳；

冬天，他一身雪白；夏天，則變成大地的顏色，

而秋天——沒人知道兔老爹秋天的樣子，

因為他隱身在樹葉之中。

兔老爹有個溫馨漂亮的窩，

有很多兒女，成群的孫子，還有很多曾孫。

他也熱愛蔬菜。

每天早上，他都會在農夫的菜園裡盯著蔬菜看。園裡種了甘藍，
有綠的有紫的；紅蘿蔔，有大有小；黃色和白色的洋蔥；葉子茂盛的綠芹菜；
以及各種葉菜、甜菜、野菜、櫻桃蘿蔔、高麗菜、豆莢和四季豆。

還有各種會開花的香草，會開金黃色花朵的櫛瓜；

大蒜，全部排排站；馬鈴薯，深埋地下。

在菜園的一個小角落裡，成堆的黑色肥料上，還有幾顆南瓜，好看極了。

全世界最會煮湯的，就屬兔老爹了！

他用農夫菜園裡的蔬菜當食材，一年煮一次，就在秋季開始的那一天。

兒女、孫子、曾孫，全都會來幫忙。

有的摘豆莢，有的拿豆子，有的弄蕪菁，有的拔鼠尾草。

有的剝洋蔥，有的削蘿蔔；有的負責高麗菜；

有的處理芹菜；有的獨鍾綠色葉菜，

像是菠菜和甜菜；也有來幫忙抬南瓜的。

兔老爹有一個漂亮的鍋子，專門用來煮湯，
是他從一個做廚具聞名的小鎮郵購來的。這個鍋子巨大無比，
因為每當有慶典舉行，或家族相聚，就會有一大群兔子到來，
每隻兔子都想分碗湯。用這個鍋子烹飪時，必須得四下無人，
而兔老爹做菜時也有同樣的習慣。

兔老爹把所有的食材放進鍋裡，
把野菜加進去（那些不能吃的，
對身體有害的，就留在菜園裡），
再倒入適量的水，最後才開火。
湯滾了，加入一小撮鹽，然後他便沉沉睡去。

睡夢中，兔老爹化身為名廚，王公貴族競相邀請，
拜託他烹調有名的魔法湯。
睡夢中，銀色火光閃閃，湯勺神祕、爐臺魔幻，它們齊聲合唱，
讓馬鈴薯轉為金黃。睡夢中，田園連綿，裡頭滿是不知名的蔬菜，
專門為那些早已不存在的食譜而生。

睡夢中，有座水晶果園，一陣微風吹來，

讓棗子、桃子、蘋果那透明果肉包覆著的籽，叮叮噹噹響起。

睡夢中還有兩艘船：一艘載滿美乃滋，另一艘載滿綠色醬汁。

當他夢醒，湯，煮好了。

沒人知道為什麼
兔老爹的魔法湯這麼好喝。
農夫也摸不透,所以
有一次他們悄悄溜進
兔子窩喝湯,還想偷拿
食譜和食材清單,
來了解正確的烹調方式,
想要複製美味的魔法湯。

但是沒有用。就算用同樣的食材
——甚至是同個菜園出產的,
所有加進湯裡的野菜都一模一樣
(有回農夫甚至跟蹤到草坪,
看兔子到底拔了哪些品種),
農夫做的湯就是沒那麼好喝。

不用多久，兔老爹的魔法湯變得遠近馳名。

蝸牛先嘗了，獾和狐狸跟進，青蛙和綠色大草蜢也不落人後。

再來是鹿，還有農夫的兩位親戚長輩特地遠道而來，

就為了喝有名的魔法湯；連郵差和麵包師都想喝喝看。

漸漸的，魔法湯的名氣越來越大，不同地區、各個鄉鎮的人們
紛紛特地前來品嘗，名聲甚至傳到國外，全世界都知道了。

最好奇的，莫過於那些名廚和美食專家。

可是他們再費心研究也是徒勞。魔法湯的食譜，
根據兔老爹的説法，簡單到令人無法想像，
跟家常蔬菜湯的食譜沒有兩樣：水、蔬菜、香料，還有一小撮鹽。

但是沒人相信兔老爹的説法。
嫉妒的有心人暗示，這湯肯定有祕密配方，只是兔老爹不肯透露。
有人説，是森林的水質成就湯的美味；
有人猜測，是因為那一帶空氣好；
有人則覺得是菜園土質的影響。
農夫跳出來説：「我們完全照著兔老爹的方法做，
一樣的食材，一樣的步驟，一樣的空氣，一樣的水，
但煮出來的湯，味道還是不一樣。」
煮湯的祕訣，連兔老爹的兒女、孫子、曾孫也不知道。

有天早上，毫無預警的，森林裡的兔老爹製湯工廠開張了：
磚造的大廠房，日以繼夜，不停生產魔法湯。所有人跌破眼鏡。

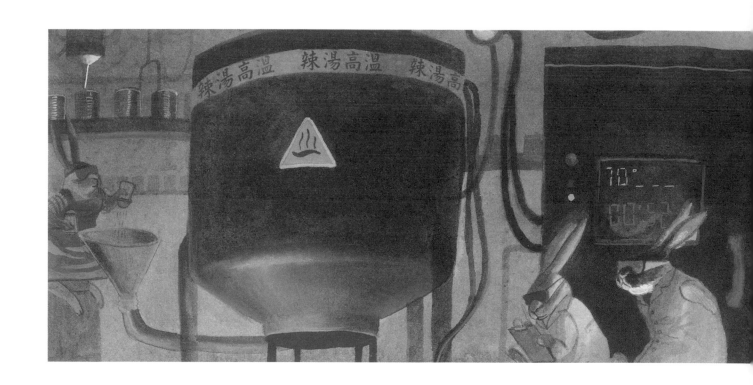

兔老爹親自監工。食材種類與分量還有烹煮時間，完全由他控管。
連新湯鍋都是他發明的。

還有裝湯的罐子、罐子上的標籤，配送湯罐頭到全世界的卡車，
貨機上的字體，都由他親自設計。

很快的，

魔法湯攻佔食品店的貨架，

連最偏遠的地方也不例外：

有經典口味、野生茴香、番茄口味、

蘑菇口味、羽衣甘藍口味、甜菜根口味

——最後這款湯，

看起來是漂亮的紫紅色。

大家都想買魔法湯，香濃又健康，風味美、口感佳，
連小朋友都喜歡（通常小孩不太愛喝湯）。
每晚，兔老爹將鹽加入湯鍋後，便安心入睡，並開始作夢。

他夢到國王、王后的宴席上，大家喝了甜菜根湯之後，全變成紫色。

他夢到有翅膀的飛馬把湯帶到天庭。

在那裡，兔老爹聽到天神宙斯和天后希拉在聊天，

而且奧林匹亞山的眾神都說從來沒喝過這麼好喝的湯。

祂們決定馬上收拾行李，

下凡到森林裡的兔老爹製湯工廠參觀；

祂們還拜託阿波羅準備戰車，請祂先到人間探路。

隔天，兔老爹夢到整片海變成魔法湯，

湯裡有奇怪的魚在游，女巫們在湯裡洗澡，皮膚變得光滑無比。

又過了一天，他夢到濃湯從鍋中溢出，在森林中橫流，蔓延成大片沼澤。

居民把這片沼澤命名為「菜湯澤」。

全部的青蛙逃走後，進駐沼澤的是一群愛喝湯的貪吃鬼，

他們手上拿著湯匙，除了喝湯，整天在岸邊無所事事。

就這樣，月升月落，

加了一撮鹽之後，兔老爹的夢境越來越不安穩：

他夢到蔬菜不夠用、夢到班機誤點、甚至卡車把貨送錯地點：

該運往南極的茴香魔法湯，被送到西班牙；

被送到南極的紙箱打開後，裡頭是蘑菇魔法湯，

但大家都知道，那裡的居民全都對蘑菇過敏。

他還夢到冰雹砸爛有名的兔老爹菜園，那裡出產全世界最美味的蔬菜。

又夢到那些他剛出生的、毛色有黑有白的小曾曾孫，

那窩家人心愛的小寶貝，不小心掉到大湯鍋裡，差點全部淹死，

還好夜間巡邏的警衛把他們撈出湯鍋，

每隻小兔子都氣噗噗又髒兮兮。

就這樣，兔老爹作了夢，又反覆被夢吞噬。

王公貴族、天上眾神和水晶果實消失不見，

取而代之的是無數貪心又好吃懶做的大嘴巴，肥厚的嘴唇醜死了！

更糟的是，這些並不在夢裡，而是活生生的，近在眼前。

魔法湯走味了，有個顧客說。

它變得跟市面上的湯沒什麼兩樣，

而且比較貴——另一個客人表示。

是切菜的方式變了；是份量縮了三成；是開了新工廠，

而且用的是冷凍乾燥蔬菜，耳語滿天飛。

大家選擇相信，因為人們最愛漫天飛舞的謠言。

魔法湯的風味的確是變了。

應該這麼說：湯，其實沒變，變的是兔老爹。

他變得很不一樣，睡眠中，眼前一片漆黑，美夢不再。

確實如此，他的毛色不再光亮，耳朵低垂，似乎很喪氣，

那些整天得煩惱要送幾箱湯到世界不同地方的人，

就會像這樣灰頭土臉。

於是，有天早晨，在熱騰騰的大湯鍋旁邊，

整夜沒睡的兔老爹召集了一群記者，

宣布大名鼎鼎的兔老爹製湯工廠將在當天午夜關閉。

這天是三月二十一日，春季第一天。

用來煮湯的冬季食材就要用光，他終於可以退休了。

突如其來的消息立刻傳遍全球。大家想到可能再也買不到魔法湯，
便覺得兔老爹的湯是全世界最厲害的。

食品業者慌了，紛紛搶訂大量的魔法湯。

有人懷疑這是飢餓行銷，目的在拯救兔老爹那快要倒閉的事業。

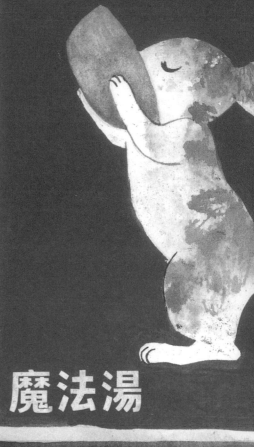

兔老爹製湯工廠的電話瘋了一般，成天響個不停，
不過再怎麼響也沒有用。
兔老爹宣布消息後，
工廠所有員工馬上脫掉圍裙和制服，
蹦蹦跳跳回到菜園裡。

兔老爹也和大家一起，開開心心，
跟那窩有黑有白、剛出生的小兔子玩到很晚，
他們終於可以跟曾曾祖父相聚。

夏夜裡，兔老爹在月光下駐足，

終於可以好好思考這一年才煮一次的湯，在秋季開始那天，

九月二十一日，用那個煮的時候必須四下無人的鍋，

用上好的蔬菜，就他自己，一個人煮湯，

讓湯在金黃色的夢境裡慢慢沸騰；唯獨這般美夢，能成就好湯。

一年就這麼一次。